PEIRE DE L'ASTOR

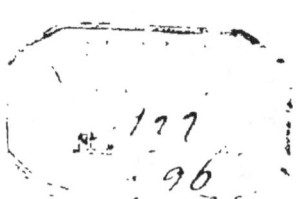

RECETTES

FAUCONNERIE

NOTE DE A. RESTORI

MONTPELLIER
IMPRIMERIE CENTRALE DU MIDI
Hamelin Frères

1896

PEIRE DE L'ASTOR

RECETTES

DE

FAUCONNERIE

NOTE DE A. RESTORI

MONTPELLIER

IMPRIMERIE CENTRALE DU MIDI

(Hamelin Frères)

1896

Extrait de la *Revue des langues romanes*.

PEIRE DE L'ASTOR

RECETTES

DE

FAUCONNERIE

NOTE DE A. RESTORI

L'empereur Frédéric II nous a laissé un précieux témoignage de sa passion pour le noble exercice de la chasse au faucon, dans son œuvre : *De arte venandi cum avibus*. Aux deux manuscrits complets, indiqués par M. Pichon dans sa note : *Du traité de fauconnerie composé par l'emp. Fr. II*[1] il faudra joindre un beau ms. que j'ai pu consulter à Bologne (*bibliot. de l'Université*, n° 717) et qui mérite de sortir de l'oubli où on l'a laissé jusqu'ici. Il paraît être du XIVme siècle ; c'est un gros volume en parchemin, sans pagination, à double colonne ; quelques miniatures, mais sans trop de finesse. Le relieur a coupé quelques mots du titre :

« Incipit........... avium rapatium facti per nobilissimum ac sapientissimum imperatorem federicum secundum. — liber 1 : de divisione generaliter avium — 2 : de venatione et de ejus particule *(sic)* — 3 : de mansuefactione falconum cum capello. sequitur dicere de instrumentis per quos redeant

---

[1] Dans le *Bulletin du bibliophile*. 1864. p. 885. M. Werth, dans son excellent article *Altfranzœsische Jagdlehrbücher (Zeitschrift f. rom. Phil.* XII. 146 ss.) ne cite pas non plus les ms. que je vais décrire.

ad homines — 4 : de girofalco ad gruem quae et qualis fit venatio cum eo — 5 : de falco sacro ad ayrones — 6 : de venatione fienda ad aves de rivera cum falcone peregrino — (à la fin :) Explicit liber falconum cum quibus venantur » [1].

L'œuvre de Frédéric II est encore peu connue ; les deux premiers livres seulement ont été publiés sous ce titre : *Reliqua Librorum Friderici II imperatoris De arte venandi cum avibus. Cum Manfredi Regis additionibus. Augustae Vindelicorum, apud Ioannem Praetorium, Anno 1596* [2]. Cette édition est très défectueuse ; en plus de nombreuses lacunes (dans les endroits où le ms. était illisible), elle renferme beaucoup d'erreurs. Je vais, ici, donner le *Prologue* de l'ouvrage de Frédéric, qui contient des renseignements importants, à l'aide de cette *editio princeps*, où il est donné d'une façon presque inintelligible, et du ms. de Bologne. Les variantes de l'édition sont indiquées en note ; je mets entre crochets carrés les mots du ms. bolonais qui manquent dans le livre imprimé :

« Prologus. [Praesens opus agendi nos induxit instans tua petitio Vir clarissime n. e.] [3] et ut removeremus errores [4] plurium circa praesens negotium, qui sine arte habentes quae artis erant, in eodem negotio [abutebantur], inmitando quorundam libros mendaces et insufficienter compositos de ipso : et ut relinqueremus posteris artifitiosam traditionem de materia huius libri. Nos tamen, licet proposuissemus ex multo tempore [antea] componere praesens [opus, dist]ulimus fere

---

[1] Une main contemporaine a utilisé trois pages qui restaient en blanc après cet *explicit* pour y écrire une longue liste de recettes pour chevaux.

[2] L'édition *Schneider*, Leipzig, 1788, n'en est qu'une réimpression peu soignée. L'édition promise par M. le Dr Grünberg (voyez Werth, note à p. 178), n'a pas encore paru.

[3] Doit-on traduire *noster Entii?* Enzo, roi de Sardaigne (1238-49) était très passionné pour la chasse et avait fait traduire en français les livres de Ghatrif et de Moamin (v. Werth, 172, 176) dont son père Frédéric II avait commandé et peut-être corrigé de sa main les traductions latines (ib. 175).

[4] *errorem.*

per [triginta annos] propositum [in scripto redigere], quoniam non putabamus nos ex tunc sufficere, nec [leg]eramus umquam aliquem praecessisse qui huius libri materiam complete tractasset [1]; particulae vero aliquot ab aliquibus per solum usum scitae [2] erant et inartifitialiter traditae. Ideo [3] multis temporibus cum solicitudine [et studio] diligente [4] inquisivimus ea quae huius artis erant, excitantes [5] nos [mente et opere] in eadem, ut tandem sufficeremus redigere in librum quicquid nostra experientia aut aliorum didicerat. Quos, quia [6] erant experti circa [practicam] huius artis, non sine magnis dispendiis ad nos vocavimus [7] de longinquo : vocatosque [unacumque] nobiscum habuimus, deflorando [8] quicquid melius noverant [9], eorumque dicta et facta memoriae [10] commendando. Qui quamvis arduis et inexplicabilibus fere negotiis persepe praepediti essemus circa regnorum et imperii regimina, tamen hanc nostram intentionem praesentis negotii [11] non postposuimus in scribendo ; contra Aristotelem [12], ubi oportuit ; secuti sumus [in] pluribus ; ceterum [13], sicut experientia didicimus, maxime [14] in naturis [quorumdam] avium, [discrepare a veritate videtur ; propter hoc non sequimur principem philosophorum in omnibus. Raro enim aut numquam venaciones avium exercuit], sed nos semper [dileximus et exercuimus. De multis] vero [15] quae narrat in libro animalium, dicit quosdam sic dixisse ; sed id quod quidam sic dixerunt, nec ipse forsan vidit, nec dicentes viderunt. [Caeterum nobis pervenit ex auditu. Quod vero multi multos libros scripserunt, et non noscunt [16] quaedam de arte, signum est artem ipsam plurimum difficilem et adhuc difusam [17]; et dicitur quod aliqui nobiles minus negotiosi nobis, si huic arti scienter operari exhibebunt, cum adiutorio huius libri poterunt meliorem componere. Assidue si quidem nova et] difficilia emergunt circa

[1] *complere tentasset.* — [2] *sicut.* — [3] *Imo.* — [4] *diligenter.* — [5] *excitantes.* — [6] *quod.* — [7] *venientes.* — [8] *denotando.* — [9] *noverint.* — [10] *memoriter.* — [11] *praedictis negotiis.* — [12] *etiam artem ;* évidemment on a mal lu, pour *contra Arist.*, ce qui a empêché de comprendre toute la phrase. — [13] ce mot est presque illisible. — [14] *maximorum.* — [15] ce mot *vero* manque dans le ms. bolonais. — [16] j'ai conjecturé ce mot d'une abréviation inintelligible. — [17] le sens ne voudrait-il pas : *parum difusam ?*

negotia huius artis, rogamus autem unumquemque nobilem,
[huic libro] ex sua sola nobilitate [intendere debentem], qui
ab aliquo [scientiarum] perito ipsum legi faciat et exponi, minus benedictis indulgens [1] ; nam cum ars habeat sua voca-
bula propria, quemadmodum et ceterae artium, et nos non
inveniremus in grammatica Latinorum verba convenientia in
omnibus, apposuimus illa quae magis videbantur esse propin-
qua, per quae intelligi possit intentio nostra.

[De materia huius libri. Est igitur] materia [huius libri] ars
[venandi cum avibus, cui] partium [quædam consistit in con-
templando], quæ theorica [dicitur ; reliqua] in operando, quæ
practica dicitur [2]. Rursus quædam pars de generali contempla-
tione tam eorum quæ spectant ad theoricam, quam eorum
quæ spectant ad practicam. Reliqua vero de speciali conside-
ratione eorumdem. Intentio vero nostra est manifestare, in hoc
libro de venatione avium, ea quae sunt sicut sunt, et ad
artis certitudinem redigere, quorum nullus habuit scientiam
hactenus neque artem. Modus agendi est prosaicus, paren-
naicus et exequativus [3]. Executivus vero multiplex, partim
namque divisivus, partim descriptivus, partim convenientia-
rum et differentiarum assignativus, partim caussarum inqui-
sitivus. Et sunt alii modi quos sequimur, ut in libro patet.
Actor est vir inquisitor et sapientiae amator, Divus Augustus
Fredericus secundus Romanorum imperator, Jerusalem et
Siciliae rex. Utilitas est magna, etenim nobiles et potentes
sblliciti circa regimina mundanorum, per huius artis usum,
suis curis plerumque gaudia interponent. Pauperes vero et
minus nobiles, de hac arte nobilibus servientes, obtinebunt ab
ipsis necessaria suae vitae. Utrique vero per hanc artem
habebunt manifestationem operatio[num nostrae] in avibus [4].
Supponi[tur autem] scientiae naturali, cum [naturas] avium
manifestet, licet illae naturae, ex documento per hunc librum
habito, alterari quodammodo videantur. Libri titulus talis est :
Liber Divi ugusti Frederici Secundi Romanorum imperatoris, Jerusalem et Siciliae regis, de arte venandi cum avibus

---

[1] La syntaxe, je n'ose pas dire la grammaire, demanderait *indulgere*.
[2] *nuncupatur*. — [3] *proemialis et executivus*. — [4] *in avibus* manque dans
le ms. de Bologne.

[de instrumentis inquisitis ad manifestationem operationum nostrae in venatione que fit partes [1]]. Ordo tractandi in singulis particulis evidenter patebit. Proemium namque antecedit narrationem. In tractatione vero seu in executione ea quae generalia sunt praeponuntur specialibus, et quae secundum naturam priora sunt praeponuntur his quae posteriora sunt secundum naturam. »

Cette liberté d'esprit envers Aristote, ces propos tout à fait modernes d'exposer les faits d'après l'observation directe (*manifestare ea quæ sunt sicut sunt*) font de ce *prologue* un morceau remarquable, qui méritait d'être publié de façon qu'on puisse le comprendre ; même, et c'est le cas, s'il n'est pas en relation très étroite avec ce qui va suivre. En effet, ce n'est pas du manuscrit 717 que je vais parler dorénavant, mais d'un autre manuscrit de la même bibliothèque de Bologne, n° 153, qui est un gros volume en parchemin du XIVe siècle, et renferme divers traités scientifiques. Il commence par un livre d'art vétérinaire hippique ; il y est traité ensuite d'alchimie et de magie. La deuxième place est occupée par un traité de fauconnerie qui nous rappelle encore l'activité de Frédéric II ; c'est le livre de Moamin déjà cité ci-dessus. Comme ce ms. manque dans la liste des mss. de cette œuvre dressée par M. Werth (o. c. 174) j'en donnerai le titre et quelques indications : (au fol. 33 recto) *Lyber Moamyn falconarij. De scientia venandi per aves et quadrupedes ut solacium habeatur — Prologus...* à la fin : *hoc considerans Moamyn falconarjus composuit hunc librum in arabicum de venatione : et divisit in quatuor tractatus. Quem magister Theodorus phisicus mandato Cesaris transtulit in latinum. Tractatus primus: de theorica huius artis. capitula* XIII. — au fol. 36 verso : *tract. 2: de dispositionibus avium rapidarum et medicamine occultarum infirmitatum. et dividitur in LX capitula* ; mais de fait les chapitres sont au nombre de soixante-deux — au fol. 45 verso : *tract. 3: de medicamin. apparentium egritudinum avium de rapina. cap.* XV. — au fol. 47 recto : *tract. 4: de dispositionibus naturalibus et accidentali-*

---

[1] ces mots entre crochets, qui manquent dans l'édition *augustana*, sont dans le ms. d'une lecture très douteuse. Peut-être *Quae fi[un]t partes* est la rubrique du paragraphe suivant.

bus rapacium quatrupedum. cap. VI. — au fol. 49 recto : *tract. 5: de medicam. aegritudinum canum. cap. X.* Je ne sais pas si le *quatuor trctatus* du prologue est une erreur du scribe pour *quinque tractatus*, ou bien si ce *quintus liber* a été soudé à l'œuvre originelle de Moamin par quelque copiste ou par le traducteur latin. D'ailleurs, le ms. bolonais étant incomplet, ce cinquième livre s'interrompt au bas du fol. 49 *verso*, après le chap. VII : *de medicamine scabiei* [1].

Le fol. 50 au *recto* est blanc, et contient au *verso* seulement une recette *ad dissolvendam duritiem.* Au fol. 51 *r.* et *v*, et 52 *recto*, il y a trois pages d'une écriture fine et serrée et c'est le fragment de Pierre de l'Astor. Peut-être ces pages de fauconnerie ont été confondues avec le traité précédent de Moamin, puisqu'elles ne sont signalées ni dans le catalogue de la Bibliothèque, ni dans l'*Index*, qu'une main du XVIIe siècle a mis au *verso* du premier feuillet du manuscrit. J'en dois l'indication à l'obligeance de mon ami Louis Frati.

Mes recherches sur la personnalité de Pierre de l'Astor ont été absolument infructueuses, mais comme la base du curieux mélange linguistique de ce fragment bolonais est assurément la langue provençale, et que d'autre part Pierre nous est présenté comme auteur, et non comme copiste, il paraît hors de doute qu'il fut un Provençal. Peut-être a-t-il fréquenté, comme tant d'autres, la cour de Frédéric II, et a-t-il été un de ceux qui *vocati de longinquo* l'ont aidé pour la rédaction de son ouvrage.

Quoi qu'il en soit, ces recettes nous représentent un recueil provençal bien différent de la science de fauconnerie officielle et quelque peu fantastique du moyen âge : on n'ordonne ici ni sang de sangsue, ni poil de lièvre, avec chair de serpent noir, ni lait de femme : quoique ni simples, ni toujours claires, ces recettes paraissent le fruit d'une expérience personnelle. J'ai patiemment confronté les enseignements du roi Dancus [2],

[1] A la bibliothèque Ambrosiana à Milan on possède deux manuscrits de Moamyn, catalogués D. 11, et Z. 175. Ce dernier n'est qu'une copie du XVIIe siècle ; le premier est du XIVe siècle et s'arrête comme le ms. bolonais au milieu du cinquième livre, après le chapitre VI, avec cette note : *cetera non habentur.*

[2] Zambrini : *Scelta di curiosità*, disp. 140. Mortara : *Scritture anti-*

de Ptolemaeus [1], de Grisofus ou Gandolfo [2], de Daude de Pra-
das [3], de Ghatrif [4], de Moamin [5], de Frédéric II, de Albertus
Magnus [6], enfin de tous ceux qui pour le temps pouvaient
être une source de notre fragment [7]. Mais je n'ai jamais trouvé
de ces coïncidences formelles qui peuvent seules témoigner
des relations directes entre deux textes ; quant au contenu
on ne doit pas s'étonner de la conformité de quelque remède;
il y avait certainement des médecines, des pratiques usuelles
qui étaient la part de la tradition orale et que tout bon fau-
connier devait connaître et savoir appliquer. Les rapports les
plus ressemblants que j'aie remarqués sont dans les deux cas
qui suivent :

Ms. BOLONAIS	FERRARO (o. cit., p. 71)
... Sappias che el a vermes en l'omble......... appres l'autre iorn vos li donas d'un colomb iove tot quant molgiat un pauc en suc de milgrana.....	Cap. 49 : Quando avesse vermi dentro tuoi vino de mele granare dolze, e mittigli a moglio la carne che tu voj dargli a bechare...

.... Sappi che a mal di pietra.
Si prendrai un budel de gallina
longo com'un dito et enpilo d'olio
d'oliva lavato e legato con filo da
ciascun canto che tenga l'olio e

MORTARA (o.cit., p. 23)

Quando l'astore ha il male della
pietra togli il budello del gallinac-
cio, e lavalo bene da ogni sozzura
e poscia togli dell'olio dell'olive

---

che ital. di falconeria, Prato, 1851. Ceruti: *Tratt. di falconeria* in *Pro-
pugnatore*, II, 221. Ferraro : *Scelta di curiosità*, disp. 154, chapitres
107-210.

[1] J'en ai vu la version catalane publiée par Rigalt (Lutetiae, 1612) : *Rei
accipitrariae scriptores*.

[2] Ferraro, déjà cité, chapitres 72-106.

[3] *Romans dels auzels cassadors*, Monaci, *Studj*, V, 65.

[4] Spezi : *Due trattati del governo e delle infermità degli uccelli*. Roma,
1864. Ferraro, déjà cité, chap. 1-72 (le chiffre 72 est répété deux fois
par une erreur de Ferraro que Werth n'a pas relevée ; ainsi le *Gandolfo*
(voir note 2) commence en réalité avec le chapitre 73).

[5] Ms. de Bologne, ainsi que pour le traité de Frédéric II.

[6] Dans l'édition déjà citée de Frédéric II, *Augustae Vindelicorum*
1596, p. 359-411.

[7] Naturellement je ne peux pas connaître les traités qui sont encore
inédits et dont il n'y a des manuscrits qu'à l'étranger (voir les n°* VIII,
X, XIV, de M. Werth).

mectilila en gorgia e rompirà la pietra.

buono, et mettine nel budello in quantità di due dita ; e lega lo budello da ogne capo si che l'olio non ne possa uscire : e mettiglile nel becco... [1].

Mais, dans le premier cas, les deux recettes continuent d'une manière très diverse ; dans le second, nous avons affaire à un remède usuel et qui s'employait même pour diverses maladies [2]. De sorte que, tout considéré, je doute fort que ce fragment bolonais ne soit pas extrait d'un traité ample et complet de vénerie, qui aurait été écrit en provençal. Peut-être l'œuvre de Pierre de l'Astor était de beaucoup plus modeste et limitée : un recueil de remèdes et de maximes utiles aux fauconniers, rédigé en partie d'après sa propre expérience et en partie trouvé dans des recueils semblables, peut-être français. Cela expliquerait des traces françaises qu'on remarque dans une recette ou deux. Mais, avant de nous livrer à cet examen linguistique, il vaut mieux avoir sous les yeux le texte [3].

[**Fol. 51** *recto.*] Petrus falconarius a*liter* dictus Pretrus (*sic*) dell' Astore com posuit ista, qui fuit de melio*ribus* falconerijs totius mundi et magister magistrorum.

In primis. Chi vol far un falcon ramage saur. Si tost com' è preso
5 e vol mangiar su lo pungio, hom li de dar a mangiar viij gran gorge entre la gente ; appresso li de hom [dar] quatro iorni carne laxativa lavata, e appresso li de hom dar un membre de gallina a beccar duy beccate, e poi metterli lo cappel e che el non aia nient en gorgia, de tucto lo iorno fi a la sera : *et* darli ossa e piuma ; e tantost com se
10 sbacterà a la carn, voi lo mecterete su lo loiro, *et* faretelo bangiar si

[1] Peu différent dans Zambrini (o. c., p. 7).

[2] Par exemple pour la maladie de *ritenere il pasto* nous avons cette recette identique presque mot à mot dans Mortara (p. 24), Zambrini (p. 9), Ferraro (p. 105). Au contraire, la même maladie du *male della pietra* est traitée tout différemment dans Ceruti (XLVII, p. 266).

[3] Je mets la ponctuation, je sépare mieux les mots que le copiste a coupés capricieusement, comme *da quest, da quel, den censo, lo stomac:* on voit ici la tendance instinctive d'un scribe italien. D'ailleurs les paroles ou les abréviations douteuses seront indiquées en note.

sovent com el vorrà ; e così facendo, ello è iovine et en poco tempo
li scordarà soa natura [1].

Chi vol acconciar un falcon mudato en aire [2] el se deo tener en tal
maniera. Quando volrà mangiar su lo pungio ciò che hom li vol do-
15 nar, hom li deo dar un poco de momia la sera, *et* la matina un poco
di pilatro : e poy prendi un colombo o una cornachia o una perdiz o
un puvieri o un altro ociello di questo grande, e si lo piuma tucto
vivo, e poy prendi una gran credença, e si la mecti al falcon e lassali
prender quel ociello en una sala ove sia assay de gente : e lassali
20 strangolar et mangiar la mitat de la gorgia, e poi lo mecti en la per-
tiga : e lassalo col: en tal loco che hom no li possa venir se non denanti ; e quando lu prendrai de la pertica, prendinello con un membro
de gallina o co la carne, sempre *quando* de pertica lo prendi. E quando
te mecti a tavola mectilo apresso di te en loco che hom non li possa
25 venir dereto per farli desp[i]aciere ; e se poy aver de lardos che sian
raustit en perdis o en colomb o en autra carn, si li ne da spesso de
quel che sta dentro la carn, non pas d'achel che es defora, car achel
es trop raustit ; car aqo los fa mont (*sic*) cortes e de bon aire. E la
nocte quando lu mecti en la pertica si li mecti una lumera denanti,
30 che possa veder la gente, quando esso se move. E lavas lo matin davant lo iorn : e se vo dormir su lo pongio, lassalo dormire, e va par-
lando et cantando, cià e là e su e iu ; e così aprendrà l'amistat de la
gent. E quando vostro falcon se sbacterà ben a la carne, e tu lo voli
encomensar a lomar, prendi de carne de montone che sia calda de sua
35 natura e non scaldata en acqua, *et* si lo loma dentro en casa doy volte
lo iorno, e falli peticta gorgia de quella carne per tre iorni : *et* poy lo
loira defore con carne de gallina : e da quella ora serà vostro falcon
ben tosto loirat. E no lu far bangiar per ren del mon entro che agia
encomensat a volar, car non es ren che tant fassa salvar un ausel
40 com aiga e solelg.

De si la maniera d'alcune malatie de ocielli. Quando lo to ociello
tene l'ochi chiusi spesso, sappias che el a filandres. Tu prendrai de
grana de blo *et* de folgie de persegiez e d'encenso : e volse far d'a-
gosto, che allora se trovano queste cose ; e volgiunse pistar ensieme
45 e colar, e quel suco lassia seccar al solelg ; e poi lu poi guardare un
anno o doy. E poi ne dà al to falcon o astor lo matin a deiun la montansa d'una fava en polvere en una gorgia de gallina, lo matin a
deiuno.

---

[1] Dans le ms. on a le signe usuel en rouge qui indique une rubrique
nouvelle ; je sépare en allant à l'autre ligne.

[2] C'est-à-dire celui qui veut habituer à la chasse en plein air un faucon qui ait déjà mis ses plumes.

Quant un falcon badalgia trop sovent, sappias ch' el a agulhas.
50 Prendes d'aloe patico la montansa d'una fava, e si ne fa polvere, e
dalla al to falcon en una pel de gallina, la sera che non agia nient
en gorgia; et poy la matina lu pasa de colombo iovine; e così guarrà·

   Quant un falcon ten li doy ochi chiusi tucto lo iorno, e se mecte lo
becco al fondament, sappi che a mal di pietra. Si prendrai un budel
55 de gallina longo com un dito, *et* enpilo d'olio d'oliva, lavato e legato
con filo da ciascun canto, che tenga l'olio, e mectililo en gorgia e
rompirà la pietra.

   Quando un falcon do[r]me lu giorn am tucta la gorgia, sappias
che ello a reuma o el fa gran freg. Se non conosces che aia reoma,
60 prenes un gran de pebre bianco e un de scafiçata e doi de scatapuça,
et si los pelas[1], e poi li mecti en una petita scudella, et tritali ben;
e de sella polvere silli freca ben lu palato la matina a deiuno. E me-
teslo al soleig. e quant el avrà ben gittat si lo paisces d'un ausel
vio am tota la pluma; e poi lo mecti en una cambra ben escura, e sia
65 calda, e serà tost garit, car la clardat li es plus contraria che res che
sia a la reuma.

   Quant un ausel [**Fol. 61 verso**] a lo cranc en la lenga, ostas
l'en am lo ganivet tant come poires, e poi prendi de vin bianco e de
mel e falli bullire, e poi ne li lava con un poco de coton, e tanto
70 quanto ello lo porrà soffrir; e poi ne li mecti de la polvera de capra-
folgia; e così guarirà.

   Quant uno ociello de racto ac fantamas us pes, prendes de romani
del plus veilg che poires trobar, non de le frondi ma del fusto, e
fallo ardere, e prendi quella cenere, e del blanquet, e de l'oli rosat,
75 e de say de gallina, e falu bogir; e prendi una peticta borsa, e falli
de petit pertus, che l'ausel possa mectere le deta e l'ongie da fore;
poi celli mecti quello onguento sensa re mutare[2], e si lo fa tre volte,
tanto che lo chiovo sia fore; appresso vi mecti un poco de diaquilon
che lo saldarà.

80 Quando un falcon a tingia en l'ala. Prendi una petra de calce viva
e mectila en un bacile d'aqua, tanto che la petra ne sia copta, e lassavella tucta nocte; e appresso tolli la tela o schiuma che va de
sopre, e guardala en una scudella, e prendes de vin blanc e de can-
nella e lavas li l'ala la carn[3], e poy li mecti della tela de la preta
85 *per* tre volte, e sacci che guarrà.

   Quant un falcon a los pes rafles sens autra malatia. Prendi de

[1] Ms.: *lo spelas.*
[2] Ms. *sensa remutare.*
[3] Manquo quelques mots.

pan blanc, del plus blanc che poires trobar, e che sia cuot[1] lo iour
meteis, e de vin blanc, e de sabon, mel, e de sayn de gallina, e fais
o bogir; e pois li mectes, si caut coma el pourà sofrir, en una petita
90 borsa am catre pertus, ch'el puesca gictar las onglas e los dez de-
fuora; pois li mectes lains d'achel inguent o emplaustre, e mectes li
en luoc che puosca iaser, e guarrà.

Quant un falcon è nafrat lo cors, di bec d'aigla o d'espina o d'autra
causa, prenes de lardo, del plus veilg che poires trobar, e prenes de
95 sendat e falo ardre, e prenes de polvera de sanc de dragon, e mectes li tot entorn d'achel lardo; e mectes lin dedins la plaga; e po-
sces qoses la plaga, e gardala de molgiar iiij o vj iors, e amsi garrà.

Quant un falcon a l'alena pudent. Prenes de grana che s'apella
grana d'oltramar, che si troba als espisers, e sembla com un[2] o
100 girofles sen testas e dona li en a mangiar en una gorgia de gallina
amb la carn per tres vegadas, e serà garit.

Quant un falcon sternuda trop sovent, sappias ch' el a l'estomac
refregiat. Prenes iiij clavels di girofle e fac en polvera, e mectes li
en una gorgia de gallina e dona li en a mangiar amb la carn; e fa
105 ciò per tres iors, e guarrà.

Quant vos volres che vostre ausel sia ben aspre. Prenes un polmo
de vedel, e metteslo en l'aiga tebesa, e fac lo star tucta la nuoc; e
poscias quant li volres donar a mangiar lavaslo ben amb tres
aiges tebesas, e poiscias fac un petit morsels, e strengelos ben, e
110 puoscias prenes d'aiga tebesa(s) en un pauc de sucre, en una scudella: e metteslo dedins, e donas li a mangiar tant cant volra, e
aquo li fac tres iors, e al ser[3] un pauc de coton. E lo ters iors prenes una petita pollecta e falla negar en l'aiga, e puoscias li donas
la[s] doas alas, e al ser la pluma ben lavata. E l'autre matin li
115 donas las cuoscias am de lardo vielg, de puore, e al ser li donas
las guincas es pes, e tot e[n]aisi serà aspre.

Quant un falcon en dos[4] e mangia ben sa vianda e fa bon smaut,
e secha tot iorn, sappias ch' ell' a una malatia che s'appella defea.
Prenes de tartuga d'aiga o de bosch, e falla bollir; e pois prenes
120 un polmo de vedel, e lavaslo en achel' aiga, et donas li en, tant
com el pourà mangiar, per iij iors: e teneslo en una cambra oscura;
e sappias che vostre ausel penrà pron de carn, e li donas a mangiar colom iove per viij iors.

---

[1] Ms. sia tuoc.
[2] Manque un mot, probablement (d'après des recettes semblables):
com un clou o girofle.
[3] Manquent des mots: lavas am?
[4] Ms. endos, mais il manque quelque chose.

Quant un ausel ten un huolg claus, *et* fa un smaut vert e iaune, e
125 regarda contra terra e crollo la coa iij ves l'una appres l'autra,
sensso che non se crolle tot, sappias che ell' a vermes en l'omble
che aen la testa negra [1], si sappias che el .es en gran perilg de
morte. Prenes d'aloe patich la montansa d'un peze, e molelo en una
scudella, e pois prenes un petit d'aiga tepisa, e si destempras tant che
130 aia la montansa d'una dimeia nos ; e si li versas lains en la gorgia,
lo matin en deiun. Appres prenes una coscia d'una polla iove, e si
li dones, appres che sia molgiada en aiga tepesa am socre *per* ostar
l'amar de la gola : e appres l'autre iorn vos li donas d'un colomb
iove tot quant molgiat un pauc en suc de milgrana : e pois lo tiers
135 iorn li donas una cuoscia de gallina, e al ser [**Fol. 52 recto**] li donas
un pauc de safran en una gorgia de gallina, amb un col de gallina
ben machat, e si guarrà.

Quant un ausel a pesols e es bel e blanc e non voles che cambie
la color del plumage. Prenes una onsa de strafizata, mais o mens
140 segont che l'ausel serà grant : se es acomunal, un girfauc o un austor
grant en vorria plus : o un sparvier, o un smirle ni aurà prun de la
mitat : e prencs un pot tot nou, che tengia la montansa de iiij fol-
gectas, o de dui pintas, e mectesla al fuoc al alba del gior *et* fala
bogir tant che sia ben *consumada* la mitat en bolgent, e attendes che
145 sia lo temps clar, che lo solelg serà ben levat avant che sia prun
cuocia : e poys prenes un baccin de barbier e prenes un bel drap
blanc, et si lo colas : e apres si laves vostre ausel, cant ella serà
tebesa, en deiun ; e pois mecteslo all' ombra cant che hom aia diccia
o ausida una petita messa, e pois lo mectes al solelg, e no li dones a
150 magnar tant che sia ben assiugat ; e *per* aquo la color del plumage
non se cambiarà point, ni aurà point d'erpesols tant *quant* (el)le durarà
achella plumage. E l'orpliment i es mot bon, mas es fa cambiar la color
del plumage, e quant l'ausel lo tocia el flaira fort achel che lu porta ;
e quant l'ausel si *per*ong el si pren a la lenga.

155 Quant un ausel a grossa alena. Prenes un catton iove e donas li
en a magnar gran gorgia, de l'espalla que s'ten amb la gorgia, iij
iors molgiat en l'oli de sussoim, che trobares a los espisiers.

Quant un ausel va *trop* a cambio de colombo o de cornalga, e
vos lo voles castiar che non i audi, no lu bactas point, mas anas a
160 luy ben cortesamens, si com plus poires, e faili si gran festa com si
avias pres un ausel de ribera davant vos. Appres mectes la longa a
vostre falcon, e lias lu ben en terra am un baston [o coltes demens
chel plumara [2]] ; poiscias prenes achel ausel e lias lo ben cort als
iez de vostre ausel : e sies avisat che portes amb vos de la polvera o

---

[1] Je ne comprends pas ; peut-être *aen* = *han ?*

[2] J'ai mis entre crochets les mots que je ne comprends pas.

165 d'aloe, o strafiçata, e d'achella polvera vos gictares sus la carn quant
aurà ben magnat la mitat della gorgia : e pois vois en fugies derier
un boscion, luong d'el : e se non i a buscion, gittas vos en terra,
che non vos puosca veser. Adouc quant sentirà la polvera, el me-
narà gran tempesta e gran bregha de gictar la gorgia *et* de voler
170 d'achi partir, e el ne porrà pas, e cogiarà che lu ausel lu tenga. E
quant vos vezres ch' el serà ben travalgiat, anas lu penre tut corte-
sement, sens mal far, e lasciaslo repausar lo ior en una cambra : e
prenes una cuoscia de polla e dona li a mangiar am l'aiga del socre,
per ostar la mala sabor ch' el a en la gorgia de la polvera ; e amsì
175 serà *vostre* amich, e oblidarà la volontat che a del cambio.

Quant un ausel fa un smaut clar, che non es point espes, e color
de senres, sappias che el es mesel, e non pot viure longament ; che
las agulgias son dedinz los budels del auzel, ni verm non n'i a point,
mas son al cuor e en la schina, e el polmon. E si tost che ellas pas-
180 cion una tela che i ha davant, che pot tochar lo fege el cor, sappias
che l'ausel es del uire [1] che non si pot metre remedi. E quant li
verm e las filandras son mors *per* forsa de meisina e poiridas, corrant
tut al fondament, aisa coma fa lu ohu de la gallina, che si ten a l'es-
c[h]ina e torna al fondamento.

185 *Quant* un ausel gitta trop d'aiga *per* las narras, prenes un ovo de
gallina e le brisies, e gectes tot ors, fors che lo rosso ; e pois i mectes aitant de sal com es lo ros, o uiluocio [2], e faites ardoir tot ensem-
ble l'escorsa, le ros e le sel, e en feites polvre. Puis prenes un
buscello de palgia, e emplilo de questa polvre, e ne li soffia en
190 ciascuna narra de l'ausel alcuna fois : e el gectarà tantost *per* las
narras tucta l'aiga ; e fallo presor fiate, si che ne stia bene.

Affare dessenfiare li piedi ad uno ociello. Agi pur assay lumache
senza coccia, e mectile dentro en una amola de vetro, *et* mectice una
pugnata di sale, o quanto te pare che abisogni *secondo* la *quantità*
195 de le lumache : *et* socterrala nello stabio ben caldo ; et lassavella
tanto stare si che siano squagiate *et* che ne sia facta acqua, et de
quella acqua pigia, *et* ongineli li piedi de socto *et* de *sopra*, et dessen-
fiarali li pedi. Ma *quando* socterra la mola fa sia ben acturata forte.
AMEN.

Le folio 52 *verso* contient aussi quelques recettes de fauconnerie qui ne nous intéressent pas maintenant, et dont je
donnerai le texte après un rapide examen linguistique de
celui que je viens de donner.   (*à suivre*)

---

[1] Peut-être *deliure* = *délivré*, jugé à mort (?).

[2] Je ne sais pas ce qu'est ce *uiluocio*; certainement un végétal puisqu'on l'appelle, trois mots après, une *escorsa*.

www.ingramcontent.com/pod-product-compliance
Lightning Source LLC
Chambersburg PA
CBHW061434170626
46811CB00005B/2273